LE CABARET DES MÉMOIRES

DU MÊME AUTEUR

MON SANG À L'ÉTUDE, éditions de l'Olivier, 2014.
CETTE NUIT, Zulma, 2018 (prix littéraire Jérôme Cahen, prix Cercle Chapel, prix Orange du Livre).

JOACHIM SCHNERF

LE CABARET DES MÉMOIRES

roman

BERNARD GRASSET
PARIS

ISBN 978-2-246-82892-1

À Léon et Noé

« Où commence la vie et où cesse la mort, ailleurs qu'en un baiser ? »

Jón Kalman STEFÁNSSON,
Le Cœur de l'homme,
traduit par Éric Boury

Le long du couloir qui mène à la loge, se succèdent des coupures de presse et des photos jaunies. Des portraits de célébrités venues se produire dans le cabaret, des paysages polonais, le Mur des Lamentations enneigé, de vieilles femmes à Haïfa concourant pour l'élection de *Miss Survivante de la Shoah*. Certaines encadrées, d'autres non, ces images annoncent le cabinet de curiosités qui se cache au fond de la loge de Rosa et qu'elle détaille, grâce au miroir de sa coiffeuse, avant et après chaque représentation – elle regarde rarement en face ces souvenirs de douleur.

Derrière la porte rouge qui s'ouvre sur son sanctuaire, parmi les statuettes, les habits en lambeaux et les pierres couleur brique, se trouvent deux gamelles de métal. La sienne, qui lui a permis de s'accrocher au jour, marquée d'une infinie culpabilité. D'avoir volé, de n'avoir pas partagé, d'avoir piétiné des corps pour survivre. Rosa se souvient du nom de chaque femme tombée au seuil de la nuit, de leur visage creusé, elle se souvient de s'être nourrie au détriment de tant d'autres, humiliée par ses propres instincts. Et puis la gamelle de Jania.

Rosa tirera sa révérence demain, elle sent que la fin approche. La vieille femme a longtemps réfléchi à ce qu'elle ferait de ses biens, se demandant si elle devait léguer ces souvenirs à sa famille française, à un musée ou à un mémorial débordant déjà de pyjamas rayés et d'étoiles jaunes râpées. Non, elle restera fidèle à son cabaret et à ses spectacles, rien ne sortira de Shtetl City après cette nuit. Elle a préparé un inventaire des objets qu'elle léguera à l'éternité et le reste brûlera. Rosa a pris sa décision, rien ne l'empêchera de mettre le feu aux vestiges qui la rattachent à ses démons, elle veut se débarrasser d'eux avant son départ.

Rosa, qui a perdu son humanité pour revenir d'entre les morts. Rosa, la dernière rescapée d'Auschwitz encore vivante.

Quand demain reviendra la lumière, notre bébé sera là. Dans ce lit à barreaux que je fixe en pensant à mon enfance, lorsque très jeune déjà le nom de Rosa m'obsédait. À table, les histoires de famille nous conduisaient immanquablement vers elle. Mon grand-père racontait cette figure mystérieuse, cette sœur qui hantait les images floues de sa jeunesse et qui avait disparu, après guerre, vers l'Amérique. On ne parlait jamais d'Auschwitz, mais le nom de Rosa faisait jaillir les fours crématoires à l'heure du dessert.

Puis, quand le déjeuner traînait, lors de ces après-midi d'août dans notre maison de campagne au milieu des montagnes vosgiennes, nous nous échappions ma grande sœur, mon cousin et moi. Fuyant la surveillance de nos grands-parents, nous rejouions l'histoire familiale dans le jardin, en haut des marches faites de rochers gris, bruts. Lorsque les nuits étaient douces, nous dormions même à la belle étoile sur l'herbe assombrie. La maison n'était qu'à quelques pas mais nous pressentions que cette liberté nouvelle, cette autonomie chimérique, nous marquerait jusqu'à l'âge adulte.

Je peux sentir le vent qui nous caressa au petit matin, ce jour-là ; je me souviens des regards ensommeillés qui, en un instant, s'illuminèrent face aux promesses de l'aventure. Nous n'avions jamais vu Rosa mais elle nous fascinait. Notre Américaine installée en plein désert, celle qui avait conquis l'Ouest pour bâtir son cabaret. Nous ne savions pas très bien ce qu'était un cabaret, mais nous étions certains de la trouver au milieu du sable texan, tous trois parés de nos costumes de cow-boys dont je me rappelle la moindre frange. Les images et les sensations rejaillissent lorsque je m'y attends le moins, je m'y réfugie comme on se love dans la nostalgie et me laisse glisser en plein songe.

C'était l'été de mes neuf ans.

Les yeux ouverts mais le reste du corps endormi, je retenais ma respiration en restant attentif aux bruits du jardin encore bien calme à cette heure-là. Dans mon sac de couchage, je profitais de la chaleur préservée par le duvet alors que la rosée avait refroidi mes lèvres, que ma langue commençait machinalement à détailler, assoiffée, les perles d'eau. Combien de temps avions-nous dormi ? Tania et Michaël étaient à mes côtés, leur costume marqué par l'herbe humide. Près d'eux leur chapeau, leur lampe de poche, et le cercle de pierres qui protégeait un feu de camp imaginaire. Ma grande sœur avait fêté ses onze ans deux mois plus tôt, mon cousin était son aîné de dix mois – douze ans, l'âge de

Rosa quand elle avait été raflée. Je les admirais pour leur assurance et leur courage, eux qui s'endormaient les premiers car à l'époque, les étoiles m'effrayaient. Elles m'obsédaient, me forçaient à les observer sans détourner le regard, pendant une heure, parfois deux, jusqu'à ce que mon corps s'abandonne et cède au sommeil. Une angoisse sans doute née des histoires que l'on raconte sur les morts montés au ciel. Ou peut-être l'idée qu'elles brillaient également au-dessus d'Auschwitz.

La veille, autour des brindilles éclairées à la lampe torche, nous avions chanté en attendant que la nuit s'installe. Nous étions bien loin déjà, transportés dans le désert américain avec ses soirées fraîches et ingrates, un désert sans pitié pour les étrangers de passage lorsque la brune gagne enfin l'horizon. Chacun connaissait son rôle, le jeu avait déjà commencé. « Les réserves d'eau ont atteint un seuil critique, avait solennellement lancé Tania en s'allongeant, le prochain village est à une dizaine d'heures de marche. » Nous partirions le lendemain à la quête d'une âme charitable, l'aventure commençait à se compliquer lorsque le sommeil avait finalement gagné la bataille.

Un peu plus loin, d'autres paupières s'étiraient. Ma sœur, la dure à cuire de la bande, se réveillait à son tour. Tania se disait aguerrie aux arts martiaux, elle affirmait être prête à nous protéger en cas d'attaque et cela me rassurait d'avoir une brute de notre côté. Nous étions partis depuis deux jours à la recherche du cabaret de Rosa, mais faute du moindre indice notre confiance commençait à s'effriter. Et la nuit, notre sang se glaçait lorsque des hurlements étranges perçaient le silence – des cris de coyote. Tania s'étirait lentement, me cherchait du regard. Michaël dormait encore et nous n'osions pas parler de peur de le réveiller. Elle me sourit, comme pour me dire que cette journée serait belle et que nous emporterions les heures à venir avec nous jusqu'à l'âge adulte. Ou peut-être me disait-elle qu'elle serait toujours là, qu'elle m'aimait, que près d'elle rien ne pourrait m'arriver. Nous étions pudiques et n'échangions pas de mots d'amour à cette époque, mais je me souviens de ce réveil comme de l'une de ses plus belles déclarations.

Quand demain reviendra la lumière, les souvenirs seront là ; dans le tiroir que je repousse en silence, le bout des doigts figé contre le bois, un instant encore. Nous sommes des milliers, des centaines de milliers, à conserver ces pages de l'enfer, l'histoire des membres de nos familles marquée à l'encre de douleur. Et pendant ce temps nos aînés s'éteignent. Mes grands-parents n'avaient pas souhaité écrire alors c'est moi qui ai retranscrit avec acharnement leur cachette en zone libre, la peur des dénonciateurs, des regards sur leur nez dont ils craignaient qu'il les trahisse. L'Histoire engloutissait leurs frères et sœurs à l'Est, pendant qu'eux répétaient jusqu'à la nausée les détails de leur nouvelle identité. Puis la guerre prit fin, l'humanité aussi, et le *travail de mémoire* débuta.

Mes grands-parents paternels avaient été orphelins jusqu'à leur rencontre, disaient-ils. Leurs parents n'avaient pas survécu, ils n'étaient plus là pour les conduire à l'autel lors du mariage qui fut célébré à la Grande Shoule de Strasbourg. Les rangs de la synagogue étaient vides, quelques amis bien sûr, mais la Shoah avait considérablement réduit le nombre de convives à rassasier après la cérémonie – c'étaient les mots de mon grand-père. Sous la houpa, le dais nuptial qui trônait au fond de la synagogue, se trouvait une seule personne de la famille, une inconnue venue des États-Unis pour l'occasion. Mon grand-père n'était pas proche de sa sœur aînée, elle qui n'avait pu être cachée à temps avant la rafle. Quelques lettres échangées lors de l'immédiat après-guerre pour expliquer les raisons de son départ vers l'Amérique, puis le silence. Elle n'avait plus donné de nouvelles au seul proche qui lui restait mais qu'elle ne connaissait plus vraiment, ce frère lui évoquant l'Europe dont elle écrivait ne plus vouloir entendre parler. Il incarnait ce continent associé au bruit des bottes, aux aboiements des bergers allemands, aux cris des gardiens du camp qui avaient émietté toutes ses madeleines. Pour Rosa, le présent était la seule saveur apaisante, le reste avait un goût de mort.

Je la rencontrai lors de l'enterrement de mon grand-père. Une dernière fois, elle avait traversé l'Atlantique, probablement avec un sentiment de devoir familial, lorsque mon père l'avait appelée pour lui annoncer la nouvelle. Jamais mon grand-père n'aurait pu imaginer que cette vieille dame résidant au Texas arriverait à Strasbourg moins de vingt-quatre heures après sa mort. J'étais en train de me laver les mains avant de quitter le cimetière, comme la loi juive l'exige, quand elle se plaça près de moi, face au robinet rouillé. Michaël soutenait ma sœur un peu plus loin, Tania avait quitté sa colocation londonienne pour les funérailles et avait failli s'évanouir au son de la terre frappant le cercueil en bois. Aucun d'eux ne sut à côté de qui je me tenais alors, cette silhouette que nous avions poursuivie toute notre enfance, fuyante, évanescente, une ombre dont je reconnus les traits, même si je les voyais pour la première fois. Rosa était très maquillée, ses yeux noisette me rappelaient ceux de mon grand-père. Elle releva ses manches, se rinça méticuleusement chaque phalange avant de couper l'eau et de me tendre une main encore humide. Je serrai les doigts gelés et aperçus son tatouage. De honte je relevai le visage, comme un enfant surpris en train de fixer avec envie les formes d'un corps adulte, et elle me lança, d'une voix rauque : « Je suis Rosa. » Elle était grande, fine, avec de très larges épaules. Cette ligne horizontale qui allait d'un côté à l'autre de son corps m'avait frappé, une ligne prête à soutenir l'humanité autant qu'à se rompre. Je n'eus pas le temps de lui répondre qu'elle avait déjà franchi le portail du cimetière, rejoint le taxi qui l'attendait.

Je ne la reverrais plus jamais, mais ses yeux familiers et son tatouage continuent pourtant de me hanter. Comme un souvenir associé à la mort de mon grand-père, comme l'unique maillon me liant au génocide juif de ce côté de la famille. J'aurais pu essayer de la contacter, j'aurais peut-être dû, mais les années avaient passé. Jusqu'au jour où j'entendis son nom à la radio, lors d'une émission consacrée à l'anniversaire de la libération d'Auschwitz. Rosa, la dernière rescapée du camp encore en vie, ne mentionna pas mon grand-père, pas son neveu, pas son petit-neveu français – moi, Samuel. Elle ne dit presque rien, déclina son identité, résuma son histoire, la déportation et sa vie dans le camp en moins de deux minutes. Puis elle parla de son départ aux États-Unis, et du cabaret « Camp Camp » qu'elle avait fondé quelque part au Texas. Sa voix était la même que dans mon souvenir, j'eus l'impression que sa main humide était encore contre la mienne. Je décidai de lui envoyer une lettre.

Depuis quelques mois, on entendait des rumeurs sur l'identité de la dernière rescapée d'Auschwitz encore vivante, alors même qu'on pensait les ultimes témoins de ce camp décédés. Selon les historiens, il s'agissait d'une survivante dont on avait perdu la trace peu après l'arrivée des Soviétiques, lorsqu'elle avait pris la mer pour rejoindre les États-Unis, loin du Vieux Continent où chacun cherchait alors à trouver sa place entre résistants de la dernière heure et collaborateurs de la première. Rosa, ma grande-tante. Elle aurait changé de nom de famille en arrivant sur les côtes américaines, elle se serait inventé un nouveau passé pour repousser les regards compatissants et les coups de main communautaires, mais dans ma famille personne ne l'avait oubliée. Certains racontaient qu'elle s'était installée dans le désert texan après avoir fait fortune dans la bonneterie à Brooklyn. D'autres croyaient que, ruinée, elle s'était mis en tête de rejoindre le Mexique et avait dû s'arrêter en chemin. Cette fois, le mythe avait dépassé le cercle familial et nos jeux d'enfants pour gagner l'Europe tout entière.

En entendant le nom de Rosa à la radio, ma jeunesse dans notre maison vosgienne avait ressurgi ; et avec elle mes angoisses. Je ferme les yeux et revois le rose familier du grès des montagnes. Je m'enfonce dans mon oreiller, la nausée me gagne, comme si ces tentatives désespérées de trouver le sommeil me déchiraient l'estomac. Je me souviens de l'été passé aux côtés de Tania et Michaël, en vacances avec nos grands-parents. Je me souviens de notre quête imaginaire pour retrouver notre grande-tante. Mais soudain c'est à ma femme que j'ai envie de penser, elle que j'ai envie d'appeler même si je sais qu'elle ne répondra pas. Les visages dansent, mon corps résiste. Léna sortira demain de la maternité avec notre bébé, c'est cette image que j'essaie de protéger à présent.

Lorsque j'étais enfant, je rêvais de me rendre dans le cabaret de Rosa. Aujourd'hui il me hante.

Mon cousin s'est à son tour réveillé. Ses premiers mots ont été pour le sac en toile sur lequel il s'était endormi. Naïvement, il avait imaginé qu'il suffisait de prendre des provisions comme oreiller afin d'éviter les vols, mais il a tout de suite compris que son sommeil trop lourd avait eu raison des dernières rations – nos trois pommes et le sachet de bonbons. Qui avait réussi à s'emparer du butin sans même nous alarmer ? Michaël se sentait coupable de ne pas avoir remarqué la main qui avait dû soulever sa tête avant de la déposer à nouveau, sans un geste brusque, sur le sable endormi. « On nous a tout volé. » J'ai rajusté ma ceinture avec une assurance que je ne me connaissais pas, mais il continuait de paniquer. « Tout. Je suis désolé, je comprends pas. Quand j'ai fermé les yeux je pouvais encore sentir les pommes s'enfoncer dans ma nuque. Je comprends pas… Comment est-ce qu'ils ont su ? Le reste de nos affaires traînait autour du feu, il a fallu qu'ils s'attaquent au sac le plus difficile à… quel idiot… en voulant protéger les vivres… mais quel idiot, je leur ai indiqué… »

J'ai posé une main sur son épaule pour lui signifier qu'il ne servait à rien de perdre ses nerfs et que la journée promettait d'être longue. Ma sœur a replié son sac de couchage, déterminée. Il faudrait trouver à manger et surtout à boire, sinon cette quête risquait de nous coûter la vie. Michaël semblait très préoccupé par le vol, et alors que nous effacions les traces de notre campement éphémère, il s'est réfugié un peu plus encore dans son silence. Le réel tentait de pénétrer notre monde imaginaire mais nous nous battions pour le garder à distance, éviter qu'il fasse tout voler en éclats. Nous avions à présent une décision à prendre – essayer d'accélérer le pas pour arriver à Shtetl City avant la fin du week-end, ou bien faire demi-tour afin de nous ravitailler dans le dernier village traversé. Encore fallait-il savoir, dans ce désert, d'où nous venions et vers où nous allions. Mécaniquement, tout en parlant, j'ai recouvert notre brasier de terre. Nous étions des cow-boys et notre mission ne pouvait attendre.

Des années plus tard, j'avais alors dix-sept ans, j'étouffais d'autres braises au petit matin. Un camp d'été avec la nostalgie du dernier feu qu'on efface. Cette année-là, lorsque j'avais rencontré Léna, nous étions bien loin du désert, bien loin du Texas. Mais la sensation du sac de couchage contre ma peau au moment du réveil rapproche les souvenirs et les époques. La fermeture Éclair coincée après quelques centimètres, qu'on doit accompagner en écartant patiemment le tissu qu'elle s'obstine à agripper. Lorsque le zip arrive enfin au niveau de la hanche, il faut s'attaquer au caleçon qu'on tire vers le bas en gigotant jusqu'à ce qu'il atteigne les chevilles. Les fesses contre la paroi intérieure, le sexe dont j'avais la hantise qu'il se prenne dans la tirette. Un caleçon propre, et c'est reparti pour les gesticulations, depuis les orteils jusqu'aux bourses, un ver de terre à la pudeur névrotique. Prendre un jeans, un polo, des baskets où sont enfouies des chaussettes encore humides, et sortir enfiler tout ça.

Lorsque mes pieds avaient touché l'herbe, le second jour de ce camp d'été, j'avais senti la rosée fraîche s'infiltrer partout, une humidité avec laquelle il fallait composer et qu'on finissait par apprécier. C'était le moment où la brume se levait sur le camp, où le soleil perçait les nuages sans effort, où l'ombre se retirait pour donner au champ sa teinte éclatante. Cet été serait celui de l'amour.

Lors de l'émission, Rosa avait tout de suite précisé qu'elle refusait généralement de parler d'elle. Elle n'avait accepté de répondre que pour faire taire les voix qui commençaient à la prétendre morte. L'échange avait eu lieu par téléphone avant d'être retransmis un mardi soir, dans une indifférence presque totale. L'interview avait ensuite été relayée par plusieurs personnes connectées et influentes, puis écoutée des centaines de milliers de fois sur internet, dans l'Hexagone et le monde entier. En quelques jours, l'histoire de Rosa était devenue le principal sujet de discussion dans les familles juives, ou antisémites, des cinq continents.

C'est en 1953 qu'elle avait cloué les premières planches de la maison qui deux ans plus tard deviendrait son cabaret la première bâtisse de la future ville de Shtetl City. Rosa ne voulait pas écrire, elle ne voulait pas filmer, Rosa deviendrait une femme de scène, les planches seraient son mémorial. Depuis, chaque soir, après la prestation d'un artiste invité à se produire en première partie, elle parcourt à nouveau son histoire face au public. Chaque soir, elle enchaîne les anecdotes sur un ton hilare, comme autant de portées sur lesquelles la tragédie posera ses notes. Elle parle de son enfance, de ses parents boulangers fuyant les pogroms polonais avec elle et son petit frère pour trouver refuge dans les quartiers nord de Paris. L'immeuble bariolé où ils habitaient. L'instituteur qui reprenait son accent slave et ses « r » trop roulés lorsqu'elle récitait La Fontaine devant le tableau noir. Les fêtes de famille où l'on riait autant qu'on s'engueulait. Elle raconte la préciosité de la capitale, la rudesse des garçons de café, elle manie l'ironie et le cynisme avec la même énergie qu'elle met à tirer les larmes des spectateurs lorsque, avant que le rideau retombe, elle énumère tout ce dont elle n'aura pas la force de parler mais qu'il ne faudra jamais oublier : la rafle, les wagons, la sélection, sa mère à l'entrée des douches. Et l'odeur. Incapable de détailler, abandonnant sa gouaille incroyable, elle se contente d'une longue énumération morbide. Chaque soir dans une tenue différente, Rosa aux identités infinies liste sans raconter, elle nomme, martèle, pour qu'on ne puisse jamais nier.

Quand demain reviendra la lumière, que nous entrerons dans l'appartement pour la première fois tous les trois, je lui raconterai. Il y aura les berceuses, les histoires récitées d'une voix grave, et puis la Shoah. Il faudra que je trouve les mots qu'on ne m'a pas dits, car c'est le silence qui a semé en moi toutes ces névroses – pas les atrocités de l'histoire. Je veux tout transmettre à mon enfant, son arrière-grand-père et son arrière-grande-tante, six millions d'âmes qui priaient chaque nuit pour que le lendemain revienne la lumière et que le cauchemar se dissipe. Je n'ai que ces images en tête depuis que notre bébé est venu au monde il y a deux jours à peine. Peut-être ne suis-je pas prêt. À être père et à partager ce spectre qui me pourchasse depuis toujours. Je le pensais endormi depuis l'enterrement de mon grand-père, mais il s'est brusquement mis à gesticuler lorsque j'ai décidé d'écrire à Rosa, il y a six mois. Elle a répondu à ma lettre en précisant qu'elle ne donnerait pas suite à d'autres courriers. Dans l'enveloppe, une feuille déchirée – pleine de fautes de français, brève, courtoise et ferme – accompagnait une dizaine d'autres feuilles photocopiées où l'on pouvait déchiffrer une sorte de journal, en tout cas une juxtaposition de souvenirs rédigés en anglais et à la main. Je les lus et cachai immédiatement l'enveloppe. Son récit était terrible, il y avait là tout ce qu'elle avait tu pendant l'émission et qui me déchira lorsque je découvris la noirceur de ces mois en enfer, la douleur d'une femme maintenue en vie par la perte de chacun de ses principes, moraux, humains, vitaux. Ma grande-tante n'avait jamais raconté cette histoire en détail, mais elle savait probablement que ses jours étaient comptés, les siens et ceux de la poignée de rescapés d'autres camps encore vivants. Une pensée m'obsède : et si elle était finalement la toute dernière à disparaître ? Par tous les moyens, je dois raconter à mon fils, je dois lui parler d'Auschwitz et de Rosa avant qu'elle s'éteigne. Qu'il entende son nom en la sachant en vie. Sinon, comment nous croiront-ils ?

« Tu m'écoutes ? C'est à toi de trancher. » Sans réfléchir, j'ai répondu à ma sœur qu'il fallait avancer. Coûte que coûte. « Direction Shtetl City ! » Alors nous sommes passés par la maison pour rassurer les grands-parents, aller aux toilettes, manger une tartine et faire des provisions avant de nous mettre en marche. Ma sœur traînait à la cuisine, nous sommes donc sortis avec Michaël l'attendre à l'extérieur. Depuis le début de l'aventure, nous ne nous étions pas retrouvés seuls, tous les deux. Les voyages à trois empêchent l'intimité et il n'est pas facile de parler de certaines choses devant Tania, elle qui est souvent cassante, ironique, lorsqu'on dévoile une faiblesse en sa présence. Nous avons saisi ce moment pour nous asseoir côte à côte alors que le soleil irradiait le carré d'herbe devant la porte de la maison. Nous ne parlions de rien en particulier, nous profitions de la chaleur montante, des longs silences qui comblaient des sentiments impossibles à exprimer. Trop jeunes, trop timides pour parler de nos parents, de nos amours, de nos craintes. Et puis nous n'avions pas le même âge, j'étais fasciné par ce pré-adolescent, mon cousin. Fort, la peau mate, le menton marqué par des boutons, il avait des bras larges comme mes cuisses et pourtant je ressentais chez lui une forme de fragilité enfantine – il était trop grand pour ces jeux, mais avec nous il se sentait libre. Nous étions adossés à la façade en attendant ma sœur, il respirait fort, les yeux fermés. Il s'était assoupi.

C'est à ce moment que Tania nous a rejoints, à pas de loup. Elle m'a indiqué de me taire et a craché entre son pouce et son index, main droite puis main gauche. Je lui ai jeté un regard désapprobateur mais je savais que je ne pouvais pas la retenir.

« Chhhh... »

S'approchant de sa cible, elle a lentement placé ses mains de chaque côté du visage de Michaël et s'est mise à pincer ses lobes d'oreilles... « Me touche pas Mengele ! Me touche pas ! » Il a sursauté et nous fixait à présent, furieux qu'on l'ait sorti de ses pensées concentrationnaires, les oreilles saliveuses et la honte aux joues. « T'es une bouffonne. Et toi Samuel, ça te fait rire ? »

Nous avons remis nos chapeaux de cowboys, tous trois à présent embarrassés et silencieux, et avons pris la route en sachant que la tension retomberait d'elle-même. Quelques regards taquins échangés, un haussement de tête, et c'était oublié. Nous devions trouver le cabaret de Rosa avant la fin de la journée car nous repartions le lendemain matin, loin de ce désert vosgien, et rien ne devait nous empêcher d'atteindre notre objectif. À mesure que nous avancions, nous avions la sensation de nous éloigner de Shtetl City, comme si le temps se jouait de nous en précipitant les premières heures du jour au rythme des dernières années de notre grande-tante.

À l'époque, Rosa allait fêter ses soixante-huit ans. Elle en aura plus de quatre-vingt-treize cette année. À quoi ressembleraient les quêtes que nous menions enfants si elles se déroulaient aujourd'hui ? La mission aurait été plus éprouvante, nous aurions essayé de la trouver avec la peur qu'elle s'éteigne avant notre arrivée, que s'éteigne la dernière rescapée d'Auschwitz encore en vie. Il aurait fallu la trouver non pas pour l'entendre témoigner – les récits des autres survivants sont nombreux, douloureux, mythiques pour certains –, ni pour enregistrer la dernière voix à pouvoir décrire ce peuple aligné puis conduit vers sa mort planifiée, non, la trouver seulement pour la voir de nos propres yeux et ainsi témoigner du témoin. C'était sans doute déjà ce que nous ressentions instinctivement, dans l'urgence de nos jeux d'enfants. Il fallait trouver des moyens de raconter autrement, la troisième génération devait être capable de s'affranchir du silence imposé par ses parents et chercher la façon la plus juste de prononcer l'imprononçable. Chanter la Shoah, la danser, la mimer, la fictionnaliser, en rire. Comme Rosa avait commencé à le faire, elle, la fille broyée qui avait choisi l'exil puis le théâtre pour parvenir à cohabiter avec son histoire monstrueuse, elle qui me hante cette nuit alors que j'attends, fiévreux, la lumière du jour pour accueillir mon enfant chez nous.

Mais d'abord, il fallait que nous trouvions un peu d'ombre pour nous reposer et déjeuner, car le chemin vers Shtetl City et son cabaret pouvait être encore long. Nous nous sentions seuls dans ce désert vosgien devenu texan, où chaque bruit passait pour un cri de coyote, où rôdaient les brigands-fantômes qui nous avaient détroussés. Mais lorsqu'on est habitué à ne croiser que son ombre et celle de ses compagnons, on ne s'attend pas à trouver un corps humain face à soi. « Tania ! Samuel ! Regardez là-bas. Un Indien qui s'enfuit ! » Nous nous sommes lancés aux trousses d'un joggeur en short pour lui demander notre chemin ; l'homme slalomait entre les cactus, effrayé par nos cris, et a disparu derrière une dune. « Regardez, il a fait tomber une carte !

— C'est sûrement pour nous indiquer un trésor.

— Mais non, débile, on n'est pas chez les pirates ici. Il veut qu'on retrouve Rosa et son cabaret. Je suis sûr qu'il a essayé de nous aider avant de s'enfuir. »

L'Indien en short a soudain reparu, il nous observait depuis la prochaine dune, le sourire aux lèvres. Nous tirions en l'air avec nos pistolets pour le remercier quand il a fait un grand geste pour nous indiquer un arbre sous lequel nous abriter du soleil de midi. Un platane et un ruisseau au milieu du désert, rien ne nous étonnait plus en cette chaude journée d'été. Puis il est reparti, s'élançant dans ce désert imaginaire qu'il semblait connaître sur le bout des doigts.

Quand demain reviendra la lumière, je me réveillerai seul pour la toute dernière fois. Je ne me souviens que rarement de mes rêves, sauf ceux où apparaît le petit bois que j'avais trouvé à l'orée du terrain de camp, l'été de ma rencontre avec Léna, celui de nos dix-sept ans. Un lieu où je me réfugiais loin des enfants, loin des autres animateurs, et où je me rends encore aujourd'hui – en songes et lors de mes crises d'angoisse. J'aime me souvenir de mes pas lents quand je dépassais les premiers pins et m'asseyais au même endroit, tous les jours. Machinalement, mes doigts arrachaient l'herbe brin par brin. Mon attention se bloquait sur le monticule d'épines de pin qui se formait dans le creux de mon genou, le piquait et me chatouillait. C'était il y a seize ans mais je peux sentir l'herbe sur ma peau, le goulot du jerrican d'eau contre mes lèvres, une gorgée puis une seconde. Depuis ce bois légèrement en hauteur, j'embrassais tout le camp d'un regard, chacun s'attelant à ses tâches sans se savoir observé. Je distinguais les bandes d'amis, une dispute près des douches, les flirts quand des mains s'effleurent à l'ombre d'une tente, des échanges de robe et de gloss pailleté, un garçon qui aiguise un morceau de bois avec son couteau suisse, un autre en train de lire.

Bien sûr, c'est Léna que je cherchais sans l'admettre, elle à qui j'aurais voulu montrer mon refuge, elle avec qui j'espérais passer un moment loin de l'agitation des petits et des moqueries des autres animateurs. Je pouvais presque sentir nos cuisses se toucher, comme lorsqu'elles s'étaient frôlées quelques jours auparavant, l'espace de vingt, trente secondes. Terrifié, j'avais retiré ma jambe d'un mouvement brusque.

Avais-je imaginé qu'un jour j'épouserais Léna ? Que je l'accompagnerais à la maternité deux ans après notre mariage, l'embrassant sur le front dans la salle d'accouchement pendant que d'un œil inquiet, je surveillerais le rythme du cœur de notre bébé ? J'avais eu peur, témoin anesthésié par l'angoisse en voyant le personnel médical se ruer dans la pièce. Les lèvres posées sur son front, vibrant un son guttural pour rassurer Léna. Puis notre bébé était né et les craintes s'étaient envolées, jusqu'à ce soir et la solitude de cette dernière nuit à les attendre. Comme s'il pouvait leur arriver quelque chose loin de moi. Comme si je craignais de ne pas me réveiller pour les accueillir. Comme si je n'étais pas prêt à me dire : je suis père.

Dans les coulisses du cabaret de Shtetl City, Rosa est en train de se maquiller. Sur ses cheveux blonds et clairsemés, coupés à ras, elle ajuste ses perruques. Chaque matin elle essaie les tenues qu'elle portera le soir sur scène, dessinant sa ligne d'épaules de façon différente selon les tissus qui recouvrent son corps large mais délicat. Auschwitz a industrialisé le décharnement, elle serait l'incarnation des corps multiples. Sous les projecteurs, elle est slave ou orientale, femme ou homme, âgée ou adolescente, plantureuse ou rachitique. Elle est toutes et tous car elles et ils ne sont plus, sa vie est un kaddish perpétuel. Le public ne sait jamais quelle version de Rosa montera sur scène et c'est pourtant la même histoire, chaque soir, qu'elle déclame sur les planches. Certains ont vu plusieurs représentations et tous jurent que les mots sont identiques, comme s'il s'agissait d'une prière rituelle dont les phrases s'enchaînent avec l'aisance d'une lamentation. À mesure que le récit avance, le corps se plie jusqu'à la conclusion du spectacle et l'énumération tant attendue. Sans doute espèrent-ils qu'enfin elle cédera pour parler en détail de sa vie dans le camp. Mais chaque soir, selon la tradition, elle ne fait qu'énumérer les histoires qu'elle ne détaillera pas, son paradoxe de survivante dévastée et de témoin silencieux.

Aujourd'hui, dans les coulisses, Rosa se prépare à entrer en scène. La première représentation de la semaine, la dernière de l'histoire de « Camp Camp ». Elle est essoufflée, la sensation d'avoir trop parlé ou de s'être trop tue. Ce soir, elle fera tomber le rideau à jamais. Elle sait que son travail touche à sa fin et que l'héritage qu'elle n'a pas pu transmettre par la filiation s'est cristallisé dans la parole qu'elle a bâtie, le mythe qu'elle a créé autour du cabaret. Un mythe, elle a redouté ce mot toute sa vie et pourtant il achève son œuvre contre ses propres principes. Elle s'en veut d'avoir cédé aux demandes de la presse alors qu'elle se l'était interdit jusqu'alors. Mais Rosa a senti que c'était le moment de faire entendre sa voix par-delà le désert texan, jusqu'en Europe. Dans la salle, les enregistrements étaient proscrits, interdit de filmer ou de photographier. Cette interview à la radio française a été l'unique et la dernière, comme si elle lui permettait de mettre fin au spectacle. La France, c'était le pays qui avait accueilli sa famille. Qui l'avait dénoncée. Là où survivaient les siens, les descendants de son frère à présent décédé. Et parmi eux ce jeune Samuel qui s'était mis à lui écrire.

Alors qu'elle se maquille, elle pense à Jania ; comme tous les soirs depuis que son amie s'est effondrée dans la boue d'Auschwitz. Pas une journée ne se termine sans qu'elle imagine, près d'elle, celle qui fut sans doute sa seule amie. Dans ses souvenirs bien trop vivants il y a cette lumière, des aboiements, des cris en allemand, les regards qui fuient pour ne pas voir la mort mécanique et qui pourtant cherchent, avec une précision qu'il faut dissimuler pour survivre, les visages familiers. Rosa n'avait pas pu dire au revoir à son père quelques mois plus tôt, ni à sa mère à la descente du wagon. Elle ignorait encore si elle la reverrait, ce que ces colonnes humaines signifiaient. Ses habits étaient gorgés d'eau, ses pieds s'enfonçaient dans la terre détrempée. Rosa était frigorifiée mais elle sentait qu'elle n'avait pas le droit de trembler, son corps devait cacher ses faiblesses. Seule sa main gauche avait du mal à résister, elle cherchait l'appui d'une paume maternelle. Son index avait commencé à bouger, d'abord lentement puis, comme pris de palpitations, il s'était mis à taper contre le pouce sans parvenir à s'arrêter, cet index gauche qui menaçait de la dénoncer. Alors Jania avait saisi sa main – une femme sans âge, sans cheveux, à qui on aurait donné cinquante ans alors qu'elle n'en avait pas plus de trente. Rosa ne connaissait pas son prénom, elle ne savait rien d'elle, mais toutes les deux ressentiraient bientôt des douleurs insondables. Elles respireraient côte à côte l'odeur du génocide et scelleraient leur mémoire dans une gamelle.

Rosa verse de l'eau dans un verre à pied qu'elle tient fermement de sa main gauche. Elle n'a pas soif mais se force à le finir avant de sortir de la loge. Le couloir est sombre, elle arrive derrière le lourd rideau, l'écarte. La salle est vide. Elle imagine un instant que Jania est assise au milieu, sur un des sièges en bois, puis elle ferme les yeux et recule, préservant cette image un instant encore.

Nous avons remonté la rivière pendant un ou deux kilomètres avant de bifurquer à gauche, vers le sud à en croire les rayons du soleil. La chaleur était éprouvante et Michaël a plongé le premier. Après une matinée de marche à travers le désert, c'était l'occasion idéale pour se rafraîchir et essayer de se libérer de l'odeur nauséabonde de nos déguisements. Deux jours et une nuit dans ces vêtements trop chauds, les chapeaux collant à nos fronts humides, nous n'étions pas très regardants sur l'hygiène. Mon cousin et moi nous étions même dessiné une barbe épaisse à l'aide d'un bouchon en liège brûlé, comme si nous n'avions pu nous raser pendant ces jours de marche dans le désert.

« Arrête de m'éclabousser ! Et cache ces pectoraux, il y a personne à draguer ici. » Michaël continuait de nous asperger si bien qu'après un rapide regard complice, nous nous sommes déshabillés, ma sœur et moi, puis nous avons bondi sur lui, l'un saisissant sa nuque et l'autre ses genoux, l'obligeant à céder jusqu'à ce qu'il se retrouve entièrement immergé. Plus l'aîné de la bande se débattait, plus nous riions. Tania ne voulait rien lâcher, elle le bloquait grâce à une clé de bras alors que de mon côté, je me sentais à court de forces. Mon cousin donna finalement un grand coup d'épaule puis se figea. Face immergée, son corps était mou, le dos épousant la surface de l'eau. Toujours hilares, nous avons desserré notre prise mais il ne bougeait plus. « Tu te fous de nous ? Allez, sors ! » Toujours rien. Michaël était lourd, difficile à redresser, et lorsque j'ai enfin réussi à le retourner je me suis rendu compte qu'il était conscient. Il me fixait comme s'il avait vu un fantôme.

« Si tu voulais nous faire peur, non seulement ça n'a pas marché mais je regrette presque de pas t'avoir laissé t'étouffer dans l'eau. T'es vraiment con », a lancé Tania. Il ne répondait pas, on aurait dit qu'il avait été ensorcelé par le chant des sirènes de cette rivière texane. Il respirait, les yeux vides, et il nous a tendu un papier recouvert d'une encre délavée. Il était difficile de distinguer avec précision le dessin qui y avait été imprimé, mais au bas de la feuille, quelques lettres et quelques chiffres détrempés restaient lisibles. « C'est à propos du cabaret de Shtetl City. Le papier parle d'une fermeture imminente. Si on ne se dépêche pas, on ne trouvera jamais Rosa, nous devons repartir tout de suite. » La baignade était terminée, le temps jouait décidément contre nous, il fallait nous mettre en marche le plus vite possible, courir vers Shtetl City pour réussir à voir notre grande-tante sur scène.

Le papier circulait de main en main pendant qu'on se séchait à la hâte. Personne ne parlait, notre mission avait pris une tournure tout autre à présent. Nous devions lever le camp et changer de stratégie afin d'arriver à temps au cabaret, nous avons alors décidé de nous séparer pour quadriller la région plus efficacement. Rendez-vous dans une heure exactement, à cet endroit précis, afin de rassembler les informations récoltées. Pour éviter de se perdre, ma sœur a eu l'idée de confier à chaque aventurier un bout de fil de la bobine rouge que notre grand-mère avait glissée dans le sac de provisions – pour éloigner le mauvais œil, la jalousie et l'envie qui règnent ici. Ainsi, nous pourrions marquer notre passage en accrochant une marque à chaque arbre, chaque panneau que nous croiserions, tels trois Petits Poucets à ascendance alsaco-polonaise.

On s'est embrassé, nos fils rouges porte-bonheur en poche, puis chacun s'est élancé sans regarder derrière lui, avec un sentiment étrange de liberté mêlé à la nostalgie du groupe. Après deux jours ensemble, nous avions développé une routine qui nous permettait de survivre au désert tout en préservant nos forces. La répartition des tâches avait été naturelle, ma sœur était préposée aux questions sécuritaires et managériales, elle se chargeait des farces, des insultes, mais aussi et surtout de nous soutenir en toute circonstance. Jamais elle ne faiblissait, jamais elle ne perdait espoir ; sous ses ordres, Michaël montait la garde lorsque le vent faisait tournoyer le cri des coyotes, il chassait des bisons imaginaires, il incarnait à la fois la bonne humeur et la force dans le campement. Quant à moi, j'aimais prendre le temps de réfléchir aux stratégies pour approcher Rosa, je connaissais les astres et savais m'orienter en observant le ciel, je pouvais tenir éveillé un feu durant une nuit entière, j'étais le scout de la bande.

À mesure que nous nous écartions les uns des autres, nous sentions le manque qui s'installait. L'équation était imparfaite. Sans doute était-ce par fierté, aucun n'osait vérifier si les autres allaient de l'avant eux aussi – Tania, Michaël et moi avions le pas ferme et le visage serré. Les minutes s'égrainaient et nous nous éloignions du ruisseau. Nous pensions à la solitude de la prochaine heure et au silence qui déjà nous inquiétait. Nous ignorions ce qui nous attendait au bout de la route, une heure, seuls dans le désert, c'était comme une journée entière pour les enfants que nous étions. Nous n'avons rien dit de nos craintes avant de nous séparer, ni de la plus grande d'entre elles : ne pas trouver Rosa avant la fermeture du cabaret. Sans le savoir, nous jouions vingt-cinq ans trop tôt le crépuscule de Shtetl City. Cette journée, jamais je ne l'oublierai.

Quand demain reviendra la lumière, je parlerai à notre enfant. Alors que la lune perce les volets, je sens l'angoisse s'emparer de mon corps et personne n'est là pour me calmer au milieu de la nuit. Je respire au rythme des mots de Rosa qui fusent dans mon esprit, ses anecdotes concentrationnaires, tout ce que je sais de ma grande-tante et qu'elle a compilé dans la précieuse enveloppe. Un monde est en train de se tisser, un mélange de sa vie et des rêveries de mon enfance, quand on jouait aux cow-boys avec Michaël, lorsqu'en famille on évoquait Rosa et le Texas à table, souvent pendant Pessah alors qu'on s'apprêtait à traverser le désert pour sortir d'Égypte. Lors des exposés en classe, des cérémonies du souvenir, des camps scouts où j'allais chaque année, je me sentais obligé de mentionner son nom quand la question des aïeux déportés finissait par se poser – car cette question on nous la pose toujours, et on la posera à mon fils également. Mon corps tout entier ressent le besoin de lui raconter, sans l'effrayer, juste pour qu'il sache. Alors je me replonge dans ces pages qui me nourrissent autant qu'elles me terrassent, les pages envoyées par Rosa, précieuses, sinistres et pourtant pleines de vie. Car il y eut la liberté et la vie après le camp. Mon grand-père me racontait que sa sœur avait toujours refusé son aide, elle était forte et sûre d'elle – comme Tania –, elle voulait se construire loin des larmes de ceux qui la plaindraient. À la libération d'Auschwitz, après son retour en France, Rosa était tombée très malade. Comme si son corps qui avait résisté à l'horreur ne pouvait plus se battre contre les maux de l'après-guerre. Mais dès qu'elle avait retrouvé assez de forces pour pouvoir voyager, elle avait choisi de fuir le Vieux Continent et de couper tous les liens avec la seule famille qui lui restait – son frère. Était-ce de la rancœur, de la jalousie ? La honte peut-être ? Je ne le saurai probablement jamais, de même que mon grand-père n'a jamais pu comprendre cette disparition au moment où la Libération lui avait redonné sa véritable identité, son nom, ses origines. Elle était la seule survivante de sa famille, lui était un enfant caché.

Le buste de Rosa prend corps dans ma tête, du visage aux épaules, se mélangeant à mes souvenirs de vacances, à la maison des Vosges et ses journées interminables. Comme si tous ces corps, tous ces personnages du passé étaient venus pour raconter Rosa dans une fièvre effrayante mais jubilatoire, une fièvre à laquelle j'offrirai à nouveau mon corps lorsque notre bébé sera ici. Alors je construis une histoire quitte à maltraiter l'image de ma grande-tante ; gêné mais soulagé je la réciterai à mon fils car lui ne se souviendra pas du regard des rescapés. Lorsque l'ultime survivant des camps de la mort aura disparu, il ne pourra se rappeler ces visages qui hantent mes nuits. Combien de temps reste-t-il avant que les captations remplacent définitivement les mains crispées, que les récits publiés arrêtent d'être portés par ces voix reconnaissables entre mille ? Rosa et son tatouage disparaîtront si notre enfant ne peut rendre visite à son arrière-grande-tante dans le cabaret de Shtetl City ; même en histoire, même en rêve.

Cette marche solitaire me permettait de laisser mon esprit vagabonder. Depuis notre départ, je n'avais pas laissé mes songes pénétrer mes pensées car ma sœur brisait systématiquement le silence quand il s'installait, comme si elle redoutait l'ennui ou en tout cas ces moments de rien qu'elle gâchait de son regard dur. Avec Michaël, au contraire, nous n'avions pas besoin de parler pour vivre notre complicité. La différence d'âge s'estompait pendant les vacances et nous devenions égaux face à l'aventure. Il fallait pourtant admettre que Tania était le moteur du groupe et ses blagues nous redonnaient la force de continuer malgré la fatigue. Alors que j'essayais toujours d'être raisonnable, elle n'hésitait pas à pimenter le réel pour nous entraîner avec elle. Je marchais et pensais à Tania, à Michaël. J'avais presque oublié Rosa, elle s'était évanouie pour laisser place à une sorte de méditation dont je peux encore ressentir le calme diffus aujourd'hui. Le son de ma respiration qui s'insère dans les strates de la mémoire, mes épaules qui se relâchent, et puis écran noir. Soudain je me souviens de ma peur. Je la chassais par l'imaginaire, me persuadant que j'étais bien dans le désert de nos inventions à la recherche du fameux cabaret, il n'était pas question de perdre de vue l'objet de notre quête. Mais à mesure que je retrouvais la force de braver le sable texan, le ciel s'obscurcissait. J'avançais, porté par cette peur teintée d'une étrange sérénité, je me souviens de chacun de mes pas, de l'assurance de ma démarche.

Soudain, une station-service. La rouille rongeait ce tas de métal sorti du sable et de mes rêveries, un bâtiment, deux pompes, un long mât au bout duquel était suspendu un drapeau bicolore. Le pompiste saurait sans doute m'indiquer le chemin pour rejoindre Shtetl City, alors je m'approchai quand tout à coup, une détonation. Deux rapaces s'envolèrent. Une deuxième détonation, et cette fois je me jetai au sol. Une femme tenant un fusil à bout de bras apparut à l'arrière d'une des pompes. Je voyais mal ses yeux, dissimulés sous un chapeau qu'elle portait sur l'avant du crâne, son visage était marqué par l'âge. Elle avait un revolver à la ceinture, et sa main se mit à trembler à mesure qu'elle s'approchait du holster. Paniqué, j'enfouis ma tête entre mes bras comme si mes coudes pouvaient me protéger des balles et des ennemis imaginaires, mais la femme marchait à présent dans ma direction, j'entendais le sable crisser sous ses bottes.

Ma sœur avait progressé à vive allure. L'envie d'être la première à trouver Shtetl City avait décuplé son énergie. Elle avait marqué son chemin du fil rouge à chaque fois qu'elle avait pu, fière de sa trouvaille, et avait décidé de ne pas s'arrêter, d'aller le plus loin, le plus vite possible, avant de prendre le chemin inverse avec de bonnes nouvelles. L'aventure en soi la galvanisait plus que notre quête, mais elle se sentait responsable de sa réussite. Elle était entraînée, vigilante, endurante et prête à se battre si un ennemi croisait sa route. Pourtant, elle aussi cogitait, elle savait que Michaël et moi avions une relation particulière même si elle était plus proche de lui en âge. Elle n'était pas jalouse, non, mais un sentiment étrange avait grandi pendant ces vacances d'été, une impression qu'elle avait du mal à nommer et qui s'était matérialisée ce matin, au réveil, à travers ce regard qui m'avait bouleversé. Elle voyait qu'elle devenait une étrangère, me raconterait-elle des années plus tard. En marchant, c'est ce mot qui lui était venu, elle s'était sentie comme une étrangère, visitant un pays loin des siens. Elle regarda tout autour, le ciel se couvrait, la peur du vide s'empara d'elle.

En espérant que la pompiste ne me trouve pas, je me réfugiai dans le souvenir du feu de camp que nous allumions les soirs de veillée. J'avais peur, je commençais à avoir froid, je voyais que le temps était en train de tourner et seuls mes souvenirs m'aidaient à tenir sans paniquer. Je pensais à mon premier camp scout, l'été précédent, et aux fins de journée lorsque tout le monde se retrouvait au centre du terrain. Un moment à la fois banal, quotidien, et pourtant nourri d'une émotion à chaque fois renouvelée. Le cercle se formait, les bras se croisaient et les mains se cherchaient pour se serrer en une chaîne impossible à briser, les doigts de la main droite accrochés avec maladresse autour de ceux de la personne située à gauche, et inversement.

C'était le moment du Chant du soir, que certains dédient à un proche récemment disparu. Ce Chant écrit par les Éclaireurs Israélites entrés en Résistance pendant la guerre et dont je murmurais instinctivement les paroles, face à la pompe à essence, pour me rassurer. Ce Chant, nous l'entonnions avant de nous endormir sur le terrain de camp, en espérant nous réveiller, saufs, le lendemain. « Non, ce fusil n'existe pas, je ne vais pas mourir. » Alors je me mis à courir tout en continuant à réciter pour moi les paroles d'espoir. Dans ce chant il y a de l'amour et une musique universelle qui traverse ces vers quasi religieux, devenus mystiques au milieu du désert. Certains ferment les yeux durant le Chant, d'autres, comme moi, regardent en direction des étoiles tout en pensant aux morts qu'ils ont aimés. Je courais. Les craintes de la guerre et de la déportation ont laissé place à l'espoir qui se glisse entre chaque note, sous l'immensité de la voûte céleste. Je courais, à bout de souffle, et les paroles frappaient contre mes tempes, pour me dire que j'étais vivant, elles me rassuraient en me chuchotant que demain reviendrait la lumière.

« Quand la nuit descend sur la terre,
Quand le soir s'étend dans les bois… »

« … Quand demain reviendra la lumière, Fais-nous revoir la clarté du ciel… » Mon esprit est encore en enfance, dans notre désert imaginaire, quand mon téléphone se met à vibrer. Il me faut alors un instant pour réaliser où je suis. « Ton fils est tombé de fatigue sur mon sein, je suis épuisée. Tu m'envoies un message quand tu te réveilles ? La sage-femme pense qu'on pourra sortir vers 11 heures. Je t'aime. » J'avais fermé les yeux en étant sûr de résister au sommeil, et je m'étais endormi. Il est 6 heures, le vent s'acharne contre les volets. J'ai abandonné les Vosges en pleine tempête, quelque part entre le rêve, la nostalgie et la culpabilité. Je dois terminer d'étendre la machine pour que les petits pyjamas soient secs à notre retour, puis en lancer une autre avant d'aller chercher Léna et notre fils à la maternité. À travers les fenêtres de la chambre, les nuages colériques teintent l'appartement de ce doute que j'avais ressenti lorsque Tania, Michaël et moi nous étions séparés. Mais je me sens à présent à l'abri, ici, dans le foyer que ma femme et moi avons tapissé de douceur pour accueillir notre enfant.

Dès la porte d'entrée de notre petit trois pièces, une atmosphère cotonneuse enveloppe l'appartement : des peluches, des langes de couleur, des paquets cadeaux et une odeur d'aquarelle. Alors que je me dirige vers la machine à laver, je sens monter en moi la culpabilité, mêlée à un sentiment de honte. L'heure devrait être légère mais elle est grave. Suis-je un père normal, à réagir ainsi ? Père, la simple pensée de ce mot m'arrête. Père, avec l'amour et les responsabilités et le reste ? C'est comme si la nuit n'était pas terminée, je préserve encore la mélancolie avant de répondre, imaginant que la lumière du jour n'est pas revenue, je la préserve comme l'on protège ces bonheurs trop rares pour les déguster à deux. La lecture d'une lettre d'amour, un plat au cumin qui fait ressurgir l'enfance, ou même, étrangement, le poids de la Shoah. Jouissance paradoxale, et pourtant je désire m'y blottir un peu encore avant de mettre un point à tout cela, immortaliser en pensées Rosa ainsi que les ultimes survivants des autres camps, eux qui bientôt seront partis.

Dès notre rencontre, Léna avait été frappée par cette noirceur qui chez moi se mêle aux grandes joies. Notre amour d'été sur un camp scout, une aventure que j'imaginais s'achever avec l'arrivée de l'automne. C'était une époque où les forfaits étaient limités, les longues conversations étaient filaires et l'intimité impossible. « Chéri ? C'est pour toi, ta copine du camp ! » J'entends la voix de ma mère et je sens, honteux, ce début d'érection qu'il fallait contrôler avant d'atteindre le combiné qu'elle me tendait, sourire aux lèvres. Nous parlions des heures, des nuits. Et lorsque nous nous retrouvâmes dans la même ville pour notre dernière année d'étude, alors que nos amis nous avaient promis la rupture, nous prîmes la direction d'un amour qui avait cessé de s'aimer lui-même, la direction d'un amour qui s'acharne à bâtir.

Quand les représentations touchent à leur fin, les applaudissements raccompagnent Rosa jusqu'à sa loge, derrière la porte rouge. De là, elle rejoint son appartement grâce à un escalier qui la mène à l'étage. Peu de meubles, un lit simple, un grand canapé, un secrétaire. Elle n'a pas de cuisine, depuis des dizaines d'années Rosa mange midi et soir au saloon de Shtetl City, en échange d'une partie de ses recettes ainsi que de places gratuites pour les employés et les clients les plus fidèles. Du premier rang qui leur est réservé, ceux-ci peuvent assister à tous les spectacles et ne partent jamais avant la fin. Ils connaissent par cœur la prestation hypnotisante de Rosa, l'histoire de son enfance et puis celle qu'elle tait. La grande histoire qu'elle énumère sans raconter, la Shoah et la tentative d'extermination des Juifs, là-bas en Europe. Et pourtant, c'est comme s'ils redécouvrent chaque soir ce terrible passé.

Rosa sait moduler sa voix et le rythme de ses phrases pour faire monter la tension chez les spectateurs. L'histoire de son père plonge la salle dans un effroi éphémère avant que la vie reprenne son cours malgré la douleur et que chacun sur son siège parvienne à retrouver son souffle. C'était au tout début de l'Occupation. Pour les protéger, le père de Rosa n'avait pas dit aux siens qu'il s'était engagé dans un réseau clandestin ayant pour objectif de soutirer des informations au commissariat du XVIIIe arrondissement sur les rafles à venir, avec l'aide d'un policier acquis à la cause, afin de les communiquer à la hiérarchie résistante. Les membres du réseau se faisaient arrêter pour de menus larcins, récupéraient dans la cellule un papier transmis par la taupe, et étaient libérés après quelques heures. La mère de Rosa ne savait rien de ces activités, pas plus que sa fille de douze ans et son jeune fils de huit ans. Mais un soir, un gradé de la Police nationale toqua à leur porte. L'uniforme qui était dans le couloir suintait la mort. « Votre mari a été arrêté pour vol à l'étalage. » Un blanc, trop long. « Un autre détenu l'a tabassé, lui reprochant cette Occupation dont vous êtes responsables. Vous les Juifs. » Un silence. « Votre mari est décédé, toutes mes condoléances. » Rosa avait tout entendu, elle avait regardé sa mère fermer la porte. Marcher calmement vers les toilettes, et vomir.

Rosa vomirait elle aussi quelques mois plus tard, sous les yeux de Jania. Alors qu'elle avait survécu à la rafle, au trajet vers l'est, au tri, à la séparation, à la mort de sa mère et au souvenir de son petit frère qu'on avait conduit chez les voisins la veille de l'arrestation, elle n'avait pas résisté quand elle avait prêté main-forte à sa nouvelle amie. Dans le camp, l'information s'était répandue comme une traînée de poudre. Jania avait été sage-femme avant d'être déportée, alors chaque prisonnière qui se croyait ou se savait enceinte faisait appel à elle. Après quelques semaines, lorsqu'elles sentaient que la vie en elles se développait au milieu de ce paysage de mort, les détenues lui demandaient conseil. Jania avait très vite compris quel serait le destin des futures mères, et de leur fœtus. La chambre à gaz ou pire, les expérimentations médicales. La sage-femme se transforma en avorteuse, avec ou sans le consentement de la patiente, et Rosa devint son assistante.

Il fallait faire vite pour ne pas être repérées, et lorsque le fœtus était trop gros, s'en débarrasser le plus discrètement possible. Jania finissait de nettoyer ses instruments de fortune, de réconforter les mères vides, et Rosa se chargeait de dissimuler les corps sans vie. Ce fut lors de la deuxième intervention, instinctivement, qu'elle trouva la meilleure méthode. Glisser le fœtus entre sa gamelle et son bas-ventre, puis aller jusqu'aux latrines. La première fois, il lui fallut du temps pour le dissimuler sous ses excréments. Elle avait vomi, jusqu'à s'effondrer de fatigue après. Puis l'atroce routine, dictée par la survie, l'odeur de la mort et la nécessité de sauver ces femmes, eut raison de ses états d'âme. Elle se jura dans ces latrines que jamais elle n'aurait d'enfant. Ni ne parlerait de tout cela.

Les nuages s'étaient encore assombris lorsque j'ai retrouvé Tania au point de rendez-vous. J'avais fait demi-tour et suivi mes fils rouges jusqu'au pied du platane où nous nous étions séparés. Cette heure nous avait paru interminable et nous nous sommes enlacés comme de vieux amis qui se seraient perdus de vue depuis des années, puis nous nous sommes assis pour nous raconter nos aventures. Je ne pouvais pas perdre la face et lui avouer que j'avais pris peur, alors j'ai tordu l'histoire en me convainquant moi-même de mon courage. « Après les premiers tirs, la vieille s'est approchée de moi, elle me tenait en joue. Son visage était poussiéreux. Elle jouait avec son chapeau pendant qu'elle me dévisageait, puis elle s'est retournée en me lançant un signe de l'index pour que je la suive. Tu voulais que je fasse quoi ? J'avais peur que la vieille me bute alors je suis entré dans la station, lentement, sur mes gardes, prêt à détaler au moindre danger. C'était super bizarre, elle faisait comme si j'étais pas là, elle a allumé un butagaz, préparé du café. Elle a rempli deux tasses et m'en a tendu une en me demandant de m'asseoir. Elle ne quittait pas son fusil mais c'était comme si on avait conclu un pacte de non-agression au moment où j'avais franchi la porte. Quand elle s'est mise à verser du whisky, j'ai compris qu'elle était déjà bourrée et que je pourrais peut-être lui soutirer quelques informations. La pompiste avait connu Rosa mais ses propos étaient décousus. Comme si elle avait instantanément perdu la tête au moment où j'avais mentionné Shtetl City. La vieille s'est mise à carrément délirer en racontant les folles soirées qui suivaient les représentations au cabaret, les litres de whisky qui coulaient et tout et tout.

— Et tout et tout ?

— Bah tu sais. Genre secrets de famille, Shoah et tout. Mais elle m'a dit que Rosa elle parlait jamais vraiment des camps, comme papi le répète toujours. Et puis après on a trinqué.

— T'as bu du whisky, toi ?

— Carrément, j'avais la tête qui tournait. Bref, en courant j'ai retrouvé mes esprits. Et toi ? Aucune nouvelle de Michaël ? »

Le voyage de Tania avait été beaucoup plus calme. Pas de rencontre mémorable à rapporter mais un long silence lors de cette traversée. Tania faisait beaucoup de sport, sports de combat ainsi que du jogging en musique. Elle n'avait pas l'habitude de courir en silence, du rythme que ce silence impose, un mélange de bruits physiologiques – les battements du cœur, la salive qu'on déglutit, la faim qui se fait entendre – et puis de sons plus discrets que le désert amplifiait. Elle entendait les cafards avancer dans le sable. Elle entendait les battements d'ailes de l'aigle qui tournoyait au-dessus de sa tête.

Elle entendait même les plantes sèches qui résistaient au vent du sud, mais aucun son pour l'orienter vers le cabaret. Au moment où je trinquais avec la vieille pompiste, Tania s'était arrêtée pour contempler le ciel. Puis elle était repartie en voyant tous ces nuages, sans plus d'indication pour trouver Shtetl City. Elle s'était certainement dirigée dans la mauvaise direction, mais Tania sentait que le cabaret n'était pas loin. Déçue de n'avoir rien trouvé et pourtant résignée, elle avait ensuite roulé ses mécaniques dans l'autre sens, de fil en fil jusqu'ici, pour ne pas manquer notre rendez-vous.

Les minutes s'échappaient, presque vingt depuis l'heure que nous nous étions fixée, et aucun signe de Michaël. Il n'avait probablement pas fait attention à sa montre ni au soleil, ou peut-être qu'il s'était égaré. Le ciel s'obscurcissait encore, une pluie fine commençait à tomber – nous n'étions pas équipés pour affronter une averse. C'était comme si la nuit essayait de rivaliser avec le soleil d'été en plein après-midi, si nous ne nous dépêchions pas, nous serions bientôt trempés. Les minutes passaient, de plus en plus longues, on ne voulait pas imaginer que notre cousin ait pu se perdre, ou pire. Nous n'avions aucun moyen de le joindre et commencions à nous faire une raison : il était peut-être rentré à la maison ? À moins qu'on l'ait kidnappé ? Cette histoire de désert devenait confuse dans nos esprits, nous ne savions plus si les dangers étaient réels ou si nos jeux d'enfants nous protégeaient des drames. Lorsque soudain, nous avons entendu un cri. Puis un autre. On appelait à l'aide.

Quand demain reviendra la lumière, nous serons une famille. Cette nuit, hantée par l'histoire de Rosa, m'a empêché de penser à nous, à notre futur, à notre foyer après le retour de Léna et du bébé à la maison. La fumée des crématoriums a envahi mon champ de vision, une brume qui me donne la nausée lorsque je marche dans l'appartement. Je ne suis pas prêt, et Léna me manque tellement. J'ai eu l'étrange sensation de la perdre pendant l'accouchement, puis une nouvelle fois lors de la première nuit sans elle, lorsque je me suis endormi seul dans notre lit. Je cherchais ses mains, ses épaules, dans un désert gelé. Probablement le désert vosgien de mes souvenirs, celui où nous avions passé près d'une heure à attendre Michaël.

Dans mon rêve, les visages de Léna, Rosa et de notre bébé se confondaient avec celui de mon cousin enfant, à l'unisson, depuis une cabane abandonnée. Leurs hurlements m'ont réveillé, un son terrifiant venu de l'enfance. Alors je me suis assis au bord du lit, la couverture sur mon dos tel un châle de prière. Un talith de deuil. J'ai respiré, je me suis calmé. Puis s'est installée une sensation de chaleur, l'impression que Léna était à présent dans la chambre pour me rassurer, que tout ceci n'était qu'un cauchemar. Et j'ai commencé à la sentir près de mon corps en prière, ses lèvres près de mon oreille, murmurant « Quand demain reviendra la lumière… », comme lorsqu'elle avait dix-sept ans et que nous chantions ces paroles ensemble, main dans la main.

Je croyais avoir appris à vivre avec mes angoisses, mais elles ont ressurgi après l'accouchement. J'ai retrouvé le plaisir des griffures, le besoin de gesticuler, un corps paniqué, possédé par la crise. J'inspire longuement, une main sur le ventre, pour me calmer. Et je l'imagine contre moi, Léna à mes côtés qui me rassure, me souffle qu'après cette dernière nuit sans elle, sans lui, sans eux, je ne serai plus jamais seul. Depuis notre rencontre, son visage rond et son regard solaire m'apaisent, apaisent les crises d'angoisse. Lorsqu'elle est entrée dans notre chambre, cette chambre-ci, un témoin en plastique blanc à la main et le visage rieur, je n'ai pas immédiatement compris. Puis je me suis effondré en larmes. L'idée de fonder une famille avec Léna a réveillé quelque chose de nouveau en moi, des pleurs différents de ceux qui concluaient mes crises précédentes. En me retrouvant seul dans cette chambre, je me rappelle celui que je suis sans elle. Sombre, hanté, égoïste, névrosé. Le garçon que j'étais jusqu'à notre rencontre et qui n'a jamais vraiment disparu.

Quand demain reviendra la lumière, nous serons orphelins. Sans leurs mains, à celles et à ceux qui tremblaient lorsque venait le moment de conclure, sans leurs visages si sereins qui en disaient plus long sur l'horreur que les mots répétés de repas en repas, de classe en classe, de conférence en émission. Jamais je n'oublierai la fragilité de leur corps quand il était temps de baisser la voix ; c'était sans doute cela le plus difficile, laisser place au silence et à l'inconnu de l'héritage après avoir parlé des camps. Déjà père et bientôt orphelin, sans rescapés pour raconter l'indicible mais avec le devoir de transmettre. Un vertige générationnel, comme lorsqu'on perd sa mère et, avec elle, le secret de notre essence. Qui sommes-nous quand les aînés ne sont plus là pour désigner le passé ? L'angoisse grandit à mesure que les jours passent, le décompte des derniers rescapés comme au moment de l'appel matinal, dans les camps. J'entends les prénoms, les noms, les numéros. Des aboiements d'un autre temps qui se mêlent aux souvenirs et à l'angoisse. Au moment où la dernière voix s'éteindra, nous serons livrés aux obscurités.

Ses cauchemars ne sont pas peuplés que de cadavres. Rosa est hantée par la vie, par les décisions qui lui ont permis de revenir parmi les vivants. Elle revoit sans cesse les images de ces moments où son corps avait décidé pour elle, lorsque son éducation et la morale n'avaient plus eu voix au chapitre. Combien de fois avait-elle volé la nourriture des femmes les plus faibles, celles qui n'auraient certainement pas survécu ? Elle ne faisait pas partie des bagarreuses, elle agissait rapidement, discrètement. Personne ne devait remarquer ses méfaits, il fallait à tout prix économiser ses forces, chaque coup, chaque cri était compté. Elle avait dépouillé des mortes, volé des bouts de tissu.

Puis, un jour, ce sont les yeux de Jania qui ont commencé à s'éteindre. Les autres femmes avaient essayé de tout lui dérober en voyant l'épuisement et la maladie gagner ses pupilles, trop faible pour se défendre, déjà trop loin pour leur en vouloir. Rosa ne voulait pourtant pas y croire, elle ne pouvait pas laisser son amie partir. Elle avait vu des milliers de femmes abandonner, mais Jania était le dernier être humain qui la rattachait à l'avant, à la vie avant Auschwitz, cette période loin d'avoir été insouciante où il y avait eu une place pour l'autre malgré la douleur et les tragédies familiales.

Lorsque Jania n'arriva plus à tenir debout pendant l'appel, Rosa la soutint un dernier instant, l'embrassa dans le cou. Les os perçaient la peau livide de son amie, elle pouvait goûter son cartilage. Elle lui chuchota qu'elle ne survivrait pas sans elle. Elle attendait une réponse, mais Jania n'avait pas la force de parler, elle soufflait. Son dernier geste fut de dénouer, avec une lenteur infinie, la ficelle qui retenait la gamelle serrée contre son pubis – celle qui l'avait nourrie, avait protégé la soupe aqueuse qui maintenait les détenues en vie. La gamelle tomba, un bruit métallique qui annonçait la mort. Alors Rosa lâcha son amie pour saisir le bien précieux qu'elle garderait toute sa vie, jusqu'à Shtetl City.

Des années plus tard, elle avait construit son cabaret sous les rires des hommes de passage. À son arrivée, la ville n'existait pas encore, le lieu était un simple croisement entre deux routes qu'empruntaient des marchands et les derniers chercheurs d'or. Pas besoin d'un toit luxueux, elle avait échangé quelques planches, des outils et du cuivre contre des pépites ramassées au fond du ruisseau, un peu plus loin. Elle s'était rappelé *Le Chêne et le Roseau*, la première fable qu'elle avait lue seule à l'école élémentaire, une histoire qu'elle récite encore avant de s'endormir, dans un français nostalgique, redevenu fautif avec le temps. De simples planches donc, pour la protéger du vent sableux même si elle n'avait peur de rien, qu'elle savait courber l'échine face à la mort. Elle rêve parfois de précipiter sa fin, ses racines sont restées dans l'empire des morts et le suicide serait la seule façon d'effacer les images d'Auschwitz. Mais devant le visage sec de son amie tombée sur la neige, face au corps de Jania qui n'était plus assez chaud pour faire fondre les flocons sous sa nuque, elle s'était promis qu'elle se battrait.

Avant elle, seuls des orpailleurs avaient osé poser leurs affaires dans cette région quasi désertique, regroupés près de l'unique ruisseau de la région, un campement puant la virilité et la crasse. Le Colorado était bien loin, ils gravitaient à quelques dizaines de miles de la petite ville d'Odessa. Rosa avait pointé le bout de son nez d'ashkénaze dans ce coin, et sans un mot elle s'était mise à travailler avec tous ces hommes. Non, à l'époque elle ne parlait presque pas, elle ne réagissait pas aux humiliations, ne craignait pas l'effort. Tout l'or qu'elle accumulait, elle le gardait dans une sacoche en cuir dont elle ne se séparait jamais. Les autres étaient fascinés par cette femme sans passé qui rêvait en yiddish. Parfois elle hurlait, elle criait le nom de Jania.

Un jour, elle disparut. Mais quelques semaines plus tard, on la revit à dos de cheval traînant une carriole avec le matériel nécessaire pour bâtir sa maison. Les chercheurs d'or qui l'avaient cru perdue lui firent un accueil chaleureux et Rosa fut bouleversée comme jamais elle n'aurait pu l'imaginer, sa première émotion depuis la sortie d'Auschwitz. Des visages familiers qu'elle retrouvait… Elle leur demanda de l'aider et proposa de les payer, mais ils refusèrent et se mirent à construire, sans contrepartie, la première bâtisse de Shtetl City.

Lorsque les voyageurs du désert voyaient cette maison en bois au milieu de l'horizon, ils s'arrêtaient pour profiter de l'ombre, éventuellement d'une personne avec qui bavarder. Ils étaient surpris d'y découvrir une femme, plutôt discrète, qui racontait de fabuleuses histoires. La Pologne et puis Paris, le shtetl avant le petit appartement sous les toits où elle avait vécu avec ses parents et son frère, jusqu'à ses douze ans. Elle refusait de parler des mois qui avaient précédé son départ vers les États-Unis, elle mentionnait simplement la police française, ces familles parquées et sa mère auprès d'elle, dans le wagon puis dans le camp. Aucun détail, pas même aux habitués qui passaient par ce croisement tous les mois et s'arrêtaient de plus en plus longtemps. L'un d'entre eux décida d'ouvrir une sorte de saloon pour que les voyageurs puissent se désaltérer. Puis un maréchal-ferrant s'installa juste à côté. Un petit village était en train de se bâtir autour de Rosa et de ses histoires que les visiteurs étaient de plus en plus nombreux à écouter. Bientôt, une véritable ville sortit du sable texan, chacun voulant habiter près de cette femme mystérieuse, sorcière du désert. Un barbier s'y installa, une église fut érigée, ainsi qu'une synagogue juste pour elle – dans laquelle elle n'alla jamais prier.

Elle construisit plus tard une extension à sa maison pour accueillir tous ces curieux avides d'histoire, puis un étage où elle vivrait – accessible depuis une petite pièce qui deviendrait sa loge et dont elle peignit la porte d'entrée en rouge. Les spectateurs improvisés lui prêtaient main-forte, lui apportaient des vivres. L'idée d'un cabaret pour divertir tous ces voyageurs de passage lui vint alors, et en 1955 « Camp Camp » ouvrit ses portes. Elle peaufinerait ensuite son spectacle jusqu'à aujourd'hui, et notamment la célèbre énumération qui concluait chaque soirée à Shtetl City.

Le public était nombreux à acclamer les artistes invités en première partie puis à applaudir le récit d'enfance de Rosa, avant de plonger dans le plus grand silence au moment de la liste qu'elle martelait comme un poing écrasant chaque mot. Cette liste morbide qui clôture la soirée et que chacun connaît autant qu'il la craint, une énumération que beaucoup ont essayé de réviser ou de nier, que certains ont essayé d'ériger en mythe, la voilà pure et trop douloureuse pour être détaillée, canonnée par Rosa chaque semaine depuis la fondation du cabaret.

À présent, Rosa est assise dans sa loge, elle ajuste sa perruque bouclée et jette un regard vide en direction du miroir. Le temps file, elle n'a plus envie de ce cabaret, de ce spectacle. Dans quelques instants elle en aura fini, elle partira pour toujours.

Ma sœur courait beaucoup plus vite que moi. Elle me distançait maintenant de plusieurs centaines de mètres, lancée à la poursuite de ce cri qui nous mènerait sûrement jusqu'à Michaël. Que lui était-il arrivé ? À chaque foulée dans le sable, la crainte grandissait et poussait nos jambes vers l'avant. Quelqu'un faisait du mal à notre cousin, il n'y avait pas une minute à perdre. Tout en courant, Tania me faisait des signes pour m'indiquer une cabane abandonnée dans laquelle nous aimions parfois jouer.

Michaël hurlait, des cris bien réels mais dont nous avons vite compris qu'ils étaient destinés à traverser le désert texan plutôt que les forêts vosgiennes – nous étions rassurés que ce drame fasse partie de notre imaginaire, de notre quête, et l'aventure a repris le dessus. Ce n'étaient plus deux arbres qui encadraient l'entrée de la cabane mais deux gardes armés, et je pouvais à nouveau sentir le sable crisser sous la semelle de mes chaussures.

Nous avons profité d'un large cactus pour nous cacher et reprendre notre souffle. Notre cousin n'était plus qu'à quatre-vingts mètres. Tania avait l'habitude de résoudre les problèmes tête baissée et muscles bandés mais cette fois-ci elle voyait bien que la situation était trop défavorable. Les deux colosses se tenaient devant la porte et même si nous parvenions à les neutraliser, qui savait combien d'autres ravisseurs se trouvaient à l'intérieur ?

« On y arrivera jamais, chuchota Tania. Je peux casser les dents de celui de droite pendant que tu distrais celui de gauche, mais le temps que j'assomme le second, la cavalerie aura eu le temps de sortir.

— À moins qu'il y ait personne à part Michaël à l'intérieur…

— Possible, mais dans le doute il faudra rester discrets. Et c'est pas vraiment ma spécialité. Quand je fonce dans le tas je me contrôle plus du tout… »

Nous continuions à réfléchir lorsqu'un éclair a tonné au loin, suivi de gouttes qui grossissaient au fil des secondes, puis d'un puissant coup de tonnerre. Les deux gardes semblaient agités, ils n'étaient pas habitués à ce genre d'intempéries en plein été, c'était le bon moment pour les prendre par surprise. Mais alors que nous nous apprêtions à nous lancer, la pluie s'est intensifiée, jusqu'à éteindre les flambeaux et plonger l'entrée du bâtiment dans l'obscurité. Les deux colosses paniquaient à présent, un troisième gaillard est apparu, la tête couverte d'un tissu que j'ai immédiatement reconnu. C'était le bandana bleu de Michaël. Alors, Tania a poussé un hurlement et s'est précipitée vers la geôle.

Je l'ai suivie en m'égosillant moi aussi, j'avais peur même si je savais que rien ne pouvait nous arriver en songe, je criais comme s'il s'agissait de notre dernière chance de survivre aux ravisseurs. Les brigands ont levé la tête dans notre direction, alertés par les hurlements qui se rapprochaient, et ont déguerpi avant même que nous ayons atteint l'entrée. En un clin d'œil, le désert avait regagné ses droits, il n'y avait plus personne pour nous empêcher d'atteindre la maisonnette sur laquelle s'abattait la pluie. Nous avons entrebâillé la porte, pas un bruit à l'intérieur…

Quand demain reviendra la lumière, ce voyage se prolongera sur la route qui relie mon enfance à Rosa, mon fils à la Shoah. Avec les années, j'ai appris à respirer pour transformer les angoisses en névroses. Alors je prends une grande inspiration pour calmer mon corps et me réfugie dans le passé. C'est lors du camp d'été au cours duquel j'ai rencontré Léna que j'ai compris pour la première fois comment me détacher de moi – je me trouvais à ce moment dans mon petit bois, mon refuge. J'expire lentement, je m'y rends en pensées. J'ai dix-sept ans et j'inspire, je m'isole dans ce bois, je me fonds dans la campagne de ma jeunesse. Je suis entouré d'arbres, un peu plus loin s'étirent des champs, puis une route départementale menant vers d'autres champs encore, sur des kilomètres avant un panneau signalant l'entrée d'une agglomération. Je cale mes pieds de part et d'autre de la racine épaisse d'un pin afin de débuter mon périple, ma rêverie jusqu'au rectangle bordé de rouge qui annonce la petite ville la plus proche et la boulangerie où soixante-dix baguettes sont préparées chaque jour pour rassasier les scouts juifs du terrain d'à côté.

J'observe la racine entre mes chaussures, mes semelles qui appuient sur les aiguilles sèches et craquantes, ces milliers de brins marron qui se rejoignent deux par deux en leur extrémité, à l'instar de ces oiseaux que nous dessinions enfants. Je remonte la racine vers la base du tronc, fixe les bulles de sève. C'est comme si mes doigts les pinçaient, j'ai la sensation de cette pâte collante, odorante. Je peux sentir le tronc craquelé dans sa longueur et les premières branches, jeunes et fragiles, qui cherchent avec naïveté la lumière. Le ciel est encore loin.

Il fait beau, quelques nuages blancs jouent avec le soleil. Le bois n'est pas si grand lorsqu'on l'observe d'en haut, coincé entre des aplats jaunes et beiges aux arêtes droites, aux angles perpendiculaires. Du blé, beaucoup. Du maïs et des tournesols. Bordés par des tranchées régulières. Une raie végétale au vert trop vif, flanquée de deux chemins que les roues des tracteurs ont éprouvés au fil des saisons. Le vent balaie les tiges, nuance les tons de jaune à chacune de ses danses, et il effleure mes joues avant de fuir une fois encore sans que je parvienne à battre sa mesure. Il s'échappe en direction des murets de pierres qui annoncent le village, ces murets qui caressent les derniers kilomètres où des maisons isolées se dressent, fières de leur richesse passée. Puis les murets se taisent face au monde moderne signalé par des panneaux. L'entrée du village via le cimetière, comme pour annoncer l'immuable. Le goudron est maladroit, les trottoirs fracassés par le temps. L'église au cœur, le monument aux morts, et des rideaux transparents au travers desquels on se sait épié.

Il n'y a personne dans les rues, quelques bruits de couverts jetés à la hâte dans un évier en inox. Certains dorment déjà car la sieste est précieuse. Le temps s'apaise comme la brise légère qui respecte le calme de cette France rurale. Éloignée des gares et des autoroutes, si loin des quais de métro et des terrasses bondées, si loin des villes où l'on court puis l'on attend, en file indienne. Une France qui ne comprend pas très bien l'énergie qui dévore les corps jusqu'à leurs extrémités, les doigts nerveux tapotant des écrans connectés à l'on ne sait quoi, une France qui accueille pourtant ces jeunes scouts des grandes agglomérations chaque été.

Pour rien au monde je n'aurais manqué un mois de juillet sur un terrain de camp – mon fils connaîtra peut-être un jour ces joies. Le silence des rideaux transparents et des murs lézardés par la bise. Les ruelles qui mènent inexorablement au clocher et à la mémoire des deux guerres. La mélancolie des murets s'affaissant au rythme des morts. Les champs qui respirent le soleil autant que la pluie, qui se laissent maltraiter avec un plaisir inavouable par le vent. Puis ces pins, leur cime fière et leurs racines rassurantes contre mes pieds alors que le soir tombe, que j'entends déjà le chant au loin, « Quand la nuit descend sur la terre… »

Au fond de la maisonnette, dans le noir, la silhouette de Michaël nous attendait, son bandana à nouveau noué autour du cou. Alors que la pluie s'infiltrait de partout, nous avons allumé nos lampes de poche pour distinguer le visage familier de l'otage enfin libéré et, tout à coup, j'ai fondu en larmes. Je n'arrivais plus à m'arrêter, ce n'était pas la peur d'avoir perdu Michaël, ni à cause de Rosa ou même du désert que nous prétendions traverser, c'était quelque chose de plus fort. Sans doute notre enfance qui bientôt nous abandonnerait. Mes deux compagnons m'ont tapé dans le dos et ont repris l'histoire là où elle en était, pour désamorcer l'atmosphère pesante que j'avais installée.

« J'ai trouvé la trace de Shtetl City, a lancé Michaël, on m'a indiqué un saloon juste à côté du cabaret où se produit Rosa, mais alors que je m'apprêtais à vous rejoindre, trois colosses me sont tombés dessus. J'avais pas le choix, je me suis laissé faire en attendant que vous veniez me sauver. Ils voulaient demander une rançon pour ma libération, c'est mal connaître grand-père ! Je suis sûr qu'il n'aurait pas investi un rond pour me sortir de là. » J'ai enfin retrouvé le sourire. Mais le vent soufflait pour de vrai à l'extérieur, le bois humide craquait au-dessus de nos têtes, des bourrasques frappaient nos visages. Au moment où un éclair a illuminé la cabane, nous nous sommes rués dehors pour regagner notre maison.

« En route vers le saloon !

— Courez ! »

Un nouvel éclair a illuminé le ciel et des gouttes si grosses qu'elles me faisaient mal au crâne ont commencé à s'écraser dans le désert, telle une plaie lancée par un dieu hors de lui. Entre la pluie et les bourrasques, nous avancions à grand-peine quand ma sœur s'est soudain mise à crier pour qu'on s'arrête sur-le-champ. Nous nous sommes regroupés – pas question d'être séparés une nouvelle fois – et elle a formé une carapace au-dessus de sa tête avec son sac. Michaël et moi l'avons imitée avec les nôtres avant de reprendre la marche. Nous progressions lentement, secrètement effrayés mais galvanisés. Le saloon devait être à quelques pas.

Quand demain reviendra la lumière, nous nous réveillerons tous les trois – ma femme, notre fils et moi. Refermant la porte de notre appartement, je serre contre moi un sac avec quelques affaires, un lange, la poussette encore vide. Je sens la joie m'envahir, enfin, cette joie dont le reste de ma famille ne cesse de me parler sans prendre le temps de mesurer ma peur. Celle d'être à la hauteur face à l'inconnu, de réussir à transmettre sans enfermer, d'endormir sans condamner. La tempête continue de balayer le trottoir, je ramasse une branche, une autre, une troisième. Les souvenirs de cette aventure avec ma sœur et Michaël m'ont aidé à traverser la nuit, et j'ai déjà envie de raconter ce voyage fantastique pour retrouver Rosa à mon enfant, lorsqu'il s'endormira dans son lit minuscule. Ainsi que la mémoire des camps d'été, leurs chants obsédants qui m'accompagnent et berceront notre fils dès ce soir. Me reviennent les mots d'Imre Kertész, « cette nuit-là, j'ai vécu plus que je n'ai écrit ». Ils évoquent les heures au cours desquelles il a rédigé, en pensées, son *Kaddish pour l'enfant qui ne naîtra pas*. Kertész aurait pu être mon grand-père s'il avait donné la vie, j'ai moi-même donné la vie sans avoir pu échapper à la lumière de nos morts, ni à celle de nos tout derniers survivants. Ni à Rosa.

La maternité est à deux rues de chez nous. J'accélère le pas en repassant dans ma tête le film de ces derniers instants, seul à la maison. Les volets qui claquent au moment où je me remémore cette terrible tempête de jeunesse, comme si notre désert vosgien était à une portée d'intempérie. Puis les volets refermés, le tiroir également et avec lui les pages de notre histoire, celles que j'ai écrites au nom de mes aïeux, celles envoyées par

Rosa, celles de notre peuple. Des lignes de douleur, des mots aux contours presque illisibles en héritage. Un tiroir à transmettre, car mon fils ne croisera probablement jamais son arrière-grande-tante, ni aucun rescapé dont il pourra se souvenir lorsqu'il sera en âge de comprendre. Un jour nous irons camper et autour du feu je lui raconterai cette nuit dans les Vosges où la ville de Shtetl City fut plus éclatante que jamais. Puis cette autre nuit, où pour la première fois j'ai aimé sa mère.

Arrivé au troisième étage de la maternité, j'avance mécaniquement vers la chambre. « J'espère que tu as bien dormi, parce que je n'ai pas réussi à fermer l'œil de la nuit ! » me lance ma femme. Je l'embrasse, je la serre fort sans répondre et respire l'odeur de musc cachée dans son cou. Puis je me dirige vers ce tout petit bonhomme, son bracelet en plastique fait ressortir par contraste sa peau chaleureuse. Ses paupières sont fermées et je n'ose pas le toucher de peur de le réveiller. De le casser. Il sourit dans son sommeil alors je souris moi aussi, comme pour lui répondre. Puis je sens une main contre mon omoplate, elle remonte jusqu'à ma nuque et ébouriffe l'arrière de mon crâne avant de s'évanouir. « Tu as dit à ta mère que nous sortions ce matin ? Je suis sûre qu'elle pense en ce moment même au jour où elle a ramené bébé Samuel à la maison », dit Léna en riant. « Si tu savais combien de fois j'ai entendu cette histoire. » Mon grand-père avait prêté sa voiture à son fils mais avait gardé le double des clés. Et lorsque mon père était arrivé au parking de la maternité avec moi dans les bras, qu'il avait ouvert la portière arrière pour me déposer dans le siège-auto, mon grand-père était là, hilare et fier de faire ce premier trajet avec son petit-fils. Mes parents, stupéfaits, avaient sursauté et mon géniteur avait failli me lâcher de stupeur. « Mon grand-père avait un humour… maladroit.

— Un humour de Juif ?

— Sans doute. L'humour des gens qui souffrent. Il a souffert tu sais, séparé de sa famille à huit ans à peine, sa mère partie en fumée, sa grande sœur Rosa…

— Samuel ! Pas maintenant, je t'en prie. »

Elle s'approche de moi et m'enlace. « Notre fils aura tout le temps de regarder *Nuit et brouillard* avec toi, laisse-le tranquille encore quelques jours. Au moins jusqu'à la circoncision, après tu pourras partager toutes tes névroses. »

La tempe droite de Michaël le faisait souffrir. Les ravisseurs ne l'avaient pas blessé lorsqu'ils étaient tombés à trois sur lui, il n'avait d'ailleurs pas essayé de résister, c'est le coude de ma sœur qui l'avait heurté pendant notre course effrénée, quand nous avions déboulé ensemble dans ce qui ressemblait à un village sorti des ténèbres, trois cow-boys emmitouflés sous des parapluies de fortune qui nous protégeaient à peine du déluge. Malgré le manque de visibilité, Tania a levé la main en direction d'une planche de bois située à quelques mètres. Une pancarte accrochée à un rondin qu'elle a fait mine de déchiffrer, hésitante : « Welcome to… Shtetl City ! »

Nous n'en croyions pas nos yeux : la tempête nous avait conduits jusqu'au village qui ne cessait de nous fuir, et comme par miracle nous étions enfin arrivés. Sans un mot, nous marchions d'un pas solennel le long du chemin qui séparait deux rangées de bâtiments. Une seule rue. Des façades en bois et un virevoltant imaginaire s'échappant devant nous. Nous roulions des épaules, le western avait gonflé nos torses. Nous savions précisément où aller, portés par des tambours invisibles mais victorieux qui soulignaient chacun de nos pas – je me souviens encore de la musique de film qui se mêlait aux gargouillements de mon estomac, car nous étions tous trois affamés. C'est Michaël qui, le premier, a poussé les portes battantes du saloon, suivi par Tania et moi.

Il faisait chaud, les tables étaient vides. Seule une femme âgée était accoudée au bar, elle sirotait un verre de whisky en discutant avec le barman, tout aussi vieux qu'elle. La lumière était tamisée, un feu de cheminée brûlait dans la salle à manger familière. Nous

nous sommes installés à une table en attendant qu'on vienne prendre notre commande, et le barman, irrité d'avoir à se déplacer, s'est finalement approché. Il portait un gilet noir duquel dépassait une chaîne en or, ses cheveux gras étaient divisés en deux blocs gominés, séparés par une raie trop droite. « Qu'est-ce qu'on mange dans ce saloon ? » a demandé ma sœur. Sans un mot, le vieil homme a distribué des menus usés et posé une ardoise sur la quatrième chaise laissée vide. Il a craché dans sa main puis effacé tous les plats du jour pour les remplacer par des traces blanches et baveuses, avant d'inscrire à la craie « Gefilte Fish ». Mon grand-père avait tout de suite compris le jeu. « Par contre, on n'a plus de pommes ni de bonbons, j'ai tout mangé ! » J'ai jeté un regard médusé à mon cousin, c'était donc lui le brigand du désert. La perspective d'avaler de la carpe farcie au goûter ne me réjouissait pas franchement, pas plus que mes deux compagnons qui commençaient à tourner de l'œil. Sans demander leur avis aux autres, je me suis levé pour commander trois chocolats chauds et des tartines.

Après une dizaine de minutes, alors que nous nous apprêtions à tremper nos lèvres dans les grandes tasses que le vieux barman venait de nous apporter, il s'est mis à nous interroger : « Vous n'êtes pas du coin, hein ? Y a quelque chose dans votre allure… Vous cherchez des filles ? » J'entendais ma grand-mère se racler la gorge en signe de protestation. « Je vous charrie les jeunes, qu'est-ce qui vous amène ici ?

— On aimerait acheter des places pour le cabaret de Shtetl City, ai-je répondu.

— Le cabaret ? Vous avez traversé l'Atlantique pour une soirée au cabaret ? Mais vous avez le Moulin Rouge, *Voulez-vous coucher avec moi* et tout et tout ! »

Grognements dans la cuisine.

« Vous savez où on peut trouver Rosa ? C'est notre grande-tante. »

À la mention de ce nom, le silence s'est installé et la lumière a encore baissé d'intensité – à croire que le feu réagissait à chacune de nos paroles, que ses flammes nous répondaient. Le regard perdu, le barman s'est assis, il a fouillé dans sa poche et saisi un papier qu'il a déposé devant Tania. Nous nous sommes rapprochés de notre grand-père qui s'est mis à lire ces quatre lignes sorties de son imagination :

Shtetl City
Dernière représentation ce soir
Le cabaret ferme ses portes
Venez nombreux, applaudissez et partez tard

« Je connais la guichetière, je suis sûr qu'elle vous réservera des places pour ce soir. Il y aura foule, vous feriez bien d'arriver en avance. Brigitte ? » La femme restée au comptoir s'est retournée. « Bloque trois places pour ces *Frenchies* et j'efface ton ardoise. Faut pas qu'ils manquent la dernière. Je sais pas ce qu'elle va devenir la Brigitte – le barman s'est soudain mis à chuchoter –, depuis qu'elle a appris pour la fermeture, elle s'est remise à picoler entre les repas. » Plus fort maintenant, « *Three, OK Brigitte ?* Soyez à 18 heures au bout de la rue, entre l'église en bois et la synagogue. Vous verrez une file d'attente, dépassez tout le monde et dites que vous êtes sur la liste, les invités du saloon. »

On a chaleureusement remercié le vieux barman déjà reparti essuyer des verres derrière le comptoir, sous les yeux ahuris de notre grand-mère – ses gestes mécaniques peaufinaient le décor, excellent comédien il s'était immergé dans notre histoire le plus naturellement du monde. Notre goûter terminé, nous nous sommes dirigés vers les gros fauteuils verts, face à la cheminée. Nous avons ajusté nos chapeaux et le barman nous a rejoints, les mains tremblantes.

La salle est plongée dans le noir, la première partie vient de se terminer et on s'affaire sur la scène pour préparer l'arrivée de Rosa. Lorsque celle-ci fait son apparition, un frisson s'empare des spectateurs – il s'agit de sa dernière représentation. Elle semble bouleversée de voir dans la salle un jeune homme au visage familier, accompagné d'une femme et de leur bébé qu'il tient sur ses genoux. Comme un mirage, ces yeux qu'elle reconnaît sans les connaître disparaissent soudain derrière les éclairages brûlants.

« Ce soir, ce dernier soir, ne dérogera pas à la règle. Je vais vous parler de mon enfance et de ma famille qui a fui les pogroms polonais avant de poser ses bagages à Paris. » En disant ces mots, elle cherche le regard qui l'a troublée tout à l'heure, à présent évaporé. Celui qui lui rappelait les yeux maladroits croisés lors de l'enterrement de son petit frère, lorsqu'elle s'était lavé les mains à côté de Samuel, son petit-neveu français à qui elle avait adressé le récit qu'elle n'avait jamais pu détailler ici. Elle reprend : « Je vous raconterai mes voisins, mes amis, mes professeurs, mes camarades, mes rencontres, mes parents et mon frère. Vous saurez toute l'histoire d'une famille juive ayant fui la Pologne antisémite et son shtetl, ayant tout quitté pour la patrie des Lumières, avant d'être rattrapée par le nazisme et la collaboration. Vous saurez tout de l'avant.

Mais ce soir, comme les autres soirs, je ne vous raconterai pas l'histoire de l'homme qui habitait sur notre palier et qui n'a accepté de cacher que mon petit frère, je ne vous raconterai pas les forces de l'ordre qui ont tapé à la porte de l'appartement, ni ce policier français indifférent aux pleurs de ma mère qui hurlait mon âge sans pouvoir s'arrêter, ni le camion qui a démarré dans la cour, ni cette veuve courageuse qui serrait sa fille contre sa poitrine, les trajets infinis, les journées d'attente, les nouveaux départs, les yeux qui se sont cherchés et la perte de ceux qu'on a aimés plus que la vie elle-même. Les rails, le tri, la fumée, le froid, la faim, la solitude, le dégoût, la peur, l'odeur, les larmes sèches, et dans nos veines l'humanité qui s'est arrêtée de couler, non, je ne vous les raconterai pas. » Elle s'arrête, essoufflée, avant de continuer. « Et pourtant, il faut que jamais on n'oublie. Lorsque le spectacle sera terminé, je sortirai de scène et partirai à travers le désert pour mes derniers jours. Dehors, vous trouverez un grand feu où ont déjà commencé à brûler les objets que j'ai gardés toutes ces années dans ma loge. Je n'ai plus d'énergie mais assez de souvenirs pour entretenir un grand brasier jusqu'au petit matin. Demain, cet humble lieu fermera ses portes. Je serai déjà loin et même si je suis la dernière rescapée d'Auschwitz encore en vie, ce soir, ce tout dernier soir, je n'ai toujours pas la force de témoigner. Je resterai fidèle à mes démons, comme je l'ai été jusqu'ici. D'autres ont raconté avant moi, je n'ai que la force d'énumérer ; pour ne pas oublier. Le reste brûlera. »

Sans détourner les yeux, les paupières serrées en direction de ce visage qu'elle imagine être celui de Samuel, portant sur ses genoux une nouvelle génération de survivants, elle commence : « Je suis née dans un petit shtetl près de Cracovie, en 1930… »

Cinq jours après notre arrivée à la maison, alors que la Shoah et Shtetl City semblaient bien loin, le mohel qui venait de circoncire notre fils m'a tendu une serviette en papier, pliée en quatre, et m'a fait promettre d'enterrer ce qu'elle contenait au plus vite. Dans le petit paquet se trouvait un prépuce. Le soir même, je me suis accroupi dans le jardin de notre immeuble et, au moment où je creusais un trou, à l'abri des regards indiscrets, j'ai repensé à Rosa. J'ai repensé à elle en écoutant des chats miauler au loin, ravis du futur dîner à déterrer. En réalisant qu'il était temps de raconter notre histoire à mon bébé de huit jours, endormi contre Léna. Cette nuit, la suivante et celles d'après. Raconter jusqu'à ce qu'il se souvienne et qu'à son tour il transmette, pour que toujours revienne la lumière.

Ma sœur, mon cousin et moi sommes restés une grande partie de la nuit face aux flammes. Aujourd'hui, lorsque je ferme les yeux et repense à cette soirée vosgienne près de la cheminée, je peux sentir la silhouette de mon grand-père, ému et fragile, derrière nous. « Tu es déjà allé à Shtetl City pour voir ta grande sœur sur scène ? » J'imagine Rosa parmi nous, assise en tailleur, les pommettes frappées par les ombres en attendant la réponse que nous guettions tous. Je me souviens du feu pétillant et du silence de mon grand-père, gêné face aux braises qui rougissaient. Les mêmes braises qui illumineraient la veillée de ma rencontre, avec Léna, la chaleur mêlée à un frisson. Le souffle du souvenir dans ma nuque. « Deux fois. Je suis allé deux fois dans son cabaret et je pense qu'elle ne l'a jamais su. » Rosa se penche alors et sourit, ses traits composant la mélodie muette d'une joie retrouvée. Je la sens en songe et je les sens encore, tous ces feux qui se mélangent dans ma mémoire.

Quelque part dans le désert texan, des reliques, des photographies, des perruques partent en fumée. Le public resté à l'arrière du cabaret après le spectacle observe en silence le brasier, et pendant ce temps Rosa s'éloigne. Que sait-elle ? Que pressent-elle ? Une nouvelle génération a vu le jour, marquée dans sa chair par la judéité et son héritage. La dernière lettre que lui avait adressée Samuel parlait de son épouse enceinte, Léna ; cette nouvelle avait bouleversé Rosa, comme une victoire sur l'histoire qui la libérait du cabaret. Elle quitte Shtetl City au moment où des chats hurlent à la vie, là-bas, quelque part en France. Cette terre qui l'a hébergée puis déportée, qui a donné de l'espoir aux siens avant de terrasser sa famille. Sa silhouette disparaît et les spectateurs se rassemblent autour du brasier, émus par cette ultime représentation et par le départ de la dernière rescapée d'Auschwitz. Rosa s'évanouit et sa mémoire s'envole dans le ciel de Shtetl City. Les cendres, légères, jouent avec les étoiles.

Le camp de nos dix-sept ans s'était terminé autour d'un immense feu. Dans mes souvenirs, je vois Léna marcher vers moi, passer derrière mon dos sans le toucher puis aller vers le bois où j'avais pris l'habitude de me réfugier. S'arrêter après la première rangée de pins. S'asseoir. « Si elle me regarde lorsque je marcherai à mon tour vers les arbres, si elle me regarde sans bouger, je saurai qu'elle m'attend et qu'elle ressent la même brûlure », m'étais-je dit alors. À mon tour, je m'étais levé pour me diriger vers le bois.

Léna me regardait, souriante. Sans parler, ses yeux me disaient que cette nuit nous nous embraserions, le temps d'une veillée, puis d'une vie. Que cette nuit nous brûlerions ensemble, que nous nous aimerions jusqu'à ce que revienne la lumière. Que cette nuit, nos baisers nous mèneraient en ce lieu où commence la vie et où cesse la mort.

Puis qu'un jour, je raconterais à notre enfant.

Le Chant du soir

Quand la nuit descend sur la terre
Quand le soir s'étend dans les bois,
Vers Toi monte notre prière
Seigneur daigne entendre notre voix.

Dans le camp tout baigné de silence
Éclairé des derniers feux du jour,
Nous chantons vers le D'ieu d'espérance
Ce Chant du soir qu'a dicté notre amour.

Seigneur qui voit le secret de notre âme
Emplis nos cœurs de l'ardeur de Ta foi,
Afin qu'unis dans une même flamme
Nous nous courbions devant Toi.

Sois béni Seigneur Roi du monde
Qui sur nous versa le sommeil,

Donne-nous une paix profonde
Et garde-nous jusqu'à notre réveil.

Quand demain reviendra la lumière
Fais-nous revoir la clarté du ciel,
Que cette nuit ne soit pas la dernière
J'espère en Toi protecteur d'Israël.

Seigneur qui voit le secret de notre âme
Emplis nos cœurs de l'ardeur de Ta foi,
Afin qu'unis dans une même flamme
Nous nous courbions devant Toi.

(Ces paroles ont été chantées par les Éclaireurs Israélites de France entrés en Résistance pendant la Seconde Guerre mondiale ; pour que jamais l'espoir ne les quitte.)

Mise en pages
PCA 44400 Rezé

Cet ouvrage a été achevé d'imprimer
par CPI Firmin-Didot au Mesnil-sur-l'Estrée
pour le compte des éditions Grasset
en juin 2022.

PAPIER À BASE DE
FIBRES CERTIFIÉES

Grasset s'engage pour
l'environnement en réduisant
l'empreinte carbone de ses livres.
Celle de cet exemplaire est de :
450 g éq. CO_2
Rendez-vous sur
www.grasset-durable.fr

N° d'édition : 22514 – N° d'impression : 170457
Dépôt légal : août 2022
Imprimé en France